KB156862

숨, 길 위로 흐르다

숨, 길 위로 흐르다

2021년 12월 24일 초판 1쇄 발행
ISBN 979-11-90482-76-9 (03810)

지은이 김선
펴낸곳 한그루
출판등록 제6510000251002008000003호
펴낸이 김영훈
편집인 김지희
디자인 나무늘보, 부건영, 이지은
마케팅 강지인

주소 제주특별자치도 제주시 복지로1길 21
전화 064-723-7580
전송 064-753-7580
전자우편 onetreebook@daum.net
누리방 onetreebook.com
페이스북 www.facebook.com/1treebooks
인스타그램 www.instagram.com/onetree_books

© 김선, 2021

저작권법에 따라 보호를 받는 저작물입니다.
어떤 형태로든 저자 허락과 출판사 동의 없이 무단 전재와 복제를 금합니다.
잘못된 책은 구입하신 곳에서 교환해 드립니다.
이 책은 제주특별자치도, 제주문화예술재단의
2021년도 문화예술지원사업의 후원을 받아 발간되었습니다.

값 10,000원

한그루 시선

숨, 길 위로 흐르다

김선 시집

서문

길 위를 흐르다 보면
나를 향해 오는 것들이 있다.
예술영화 〈폭낭의 아이들〉 작업에 참여하며
4·3평화공원 내 각명비에 새겨진
10세 미만의 희생된 아이들,
그리고 4·3유족들의 삶을 마주했다.
한라산 영실코스와 올레길을 걸으며
자연의 소리에 귀 기울이고,
내면의 목소리와
감각에도 집중하게 되었다.
제주는 아름답지만
그 이면에 아픔과 슬픔의 역사가 있다.
벚꽃이 바람에 하얗게 날리거나
동백꽃이 땅에 무더기로 떨어져서 뒹굴고 있는 걸 보면
눈물이 난다.

제주에 온 지 22년이 흘렀다.

제주가 나에게 허락한 만큼을

글 속에 담아내고 싶었다.

많이 부족하다.

더 채워야 할 것들이 있음을

배우는 시간이었다.

같이 흘러온 모든 길들에

감사한다.

2021. 11. 길 위에서

김선

차례

4 ___ 흐르다 보면

1. 그날도 눈이 왔다

푸름이 깊어지면 눈물이 되나 보다
모처럼 4월에도 푸른 기색 없는 하늘
명도암 4·3공원에 비가 오고 있었다

의자 위 소복하게 쌓여진 송이송이
꽁꽁 언 손가락을 입으로 호호 불며
아이의 이름 세 글자 꾹꾹 눌러 새겼다

이름이 입밖으로 가만히 새어나온다
눈물도 동그르르 눈 위로 떨어지며
소리로 나오기 전에 허공으로 퍼졌다.

희생된 어린 영혼 돌이 되어 굳었구나
각명비에 새겨진 건 저 어린 눈물 자국
이름을 불러주었다, 접힌 날개 펴졌다

그날도 비가 왔어 울음울음 울음소리
엄마 품 그 아이를 아무도 몰랐나 봐
여기요 사람 있어요, 빗소리에 묻혔다

이름을 불러줄게 살아서 돌아오렴
땡그렁 풍경소리 남겨진 기억의 잔상
팽나무 끌어안으며 엄마 되어 울었다

4월에도 눈이 왔어 아이들 만나는 날
광목에 굵은 매직 맘 모아 새겼었지
다섯 살 여자아이는 이름조차 없었지

새하얀 광목 천에 한 글자씩 꾹꾹 눌러
펴지도 못한 이름 새기고 또 새겼다
바람은 한 점 없는데 하얀 천이 흔들려

공중을 유영하던 까마귀 한 마리도
날개를 펼치더니 제자리 그대로다
올려본 모든 것들에 슬픔만이 어려있다

새빨간 장갑 한 짝 눈 위로 떨어졌다
툭툭 털어내고 살며시 얹는 손길
얼었던 작은 심장이 풍경 따라 울린다

폭낭에 묶은 천을 손끝으로 풀었더니
위패는 상자 안에 하늘 보고 누워 있다
북촌리 너븐숭이로 한 발 한 발 걷던 날

영혼이 머문 곳에 아이들이 따라왔다
산 자와 죽은 자가 기억으로 하나 된 날
동백꽃 바람개비가 머리 풀고 내린다

간절한 그 마음이 길 위를 흐르다가
보자기 눈에 끌려 문 열고 들어서니
떨어진 동백 송이에 발길들이 멈추고

따뜻한 차 한잔에 언 두손 녹아들고
내어준 그 마음에 발가락도 힘이 난다
길 위엔 사람이 있다, 일어서서 걷는 힘

평화의 순례길은 슬픈 길이 아니다
네모난 도시락엔 생명이 누워있다
아이들 웃음소리꽃 너븐숭이로 흐른다

걸어서 다섯 시간 도착한 너븐숭이
엄지발 멍 자국이 아이의 선물 같다
북촌리 내리막길에 금빛 햇살 고운 날

미동도 없으시던 헛묘 앞 한 어머니
남동생 이름 석 자 온몸으로 외치셨다
동그란 초코파이가 까만 눈물 흘린다

북촌리 넓은 돌밭 동백꽃 바람개비
노오란 수선화가 건네는 위로의 말
마흔셋 동백보자기 별이 되어 흐른다

2. ________ 길 위에서

젖은 내 눈엔 젖은 것들만 보이는 길에
꾸부정 사람을 본다, 등이 몹시 굽어 슬픈
슬픔과 슬픔이 만나 길이 되레 따뜻해

사투리 한마디에 멈칫멈칫 돌아보는
안 쓰던 고향 말도 기다린 듯 마중 나오고
집 나온 고향 까마귀 둘이 되어 걷는다

어디로 흘렀을까 내 나이 스무 살엔
꿈까지 무겁겠다 키보다 높은 배낭
제 길을 찾아 나섰던 그때 내가 그립다

두 시간 걷고 나니 모퉁이에 놓인 벤치
나무 벤치 등받이가 손길처럼 따뜻하다
정겨운 나무 방석이 어머니를 닮았다

앞서거니 뒤서거니 나란히 걷는 두 사람
바람을 핑계 삼아 서로의 틈 속으로
한나절 흐르다 보면 숨소리도 같아져

그 길의 주인인 듯 누워 있는 개 한 마리
그 개가 무서워서 두 발이 갇혀 있다
눈이 큰 단발머리가 내 곁에 와 웃는다

큰 나무 앞에 서면 조심스런 내 발자국
걸음 걷다 말고 하늘을 보게 된다
밑둥치 아름드리에 내 고개가 꺾이고

나무 앞에 서면 작디 작은 내 그림자
한 점뿐인 내 그림자 잊은 지 한참을 지나
이파리 하나하나가 머리 위로 내린다

밀어낸 그림자가 옆으로 다가온다
한 줄뿐인 그림자도 한 줌뿐인 나인 것을
오십 년 고생했다고 두 손 벌려 안는다

감춰도 보인단다 거짓말도 다 안단다
그녀의 뒷모습에 새겨진 깊은 감정
진실은 뒤쪽에 있다 숨길 수가 없단다

희미한 새벽녘에 걸음이 바쁜 사람
내 앞을 가로질러 굴속으로 들어갔다
엎드린 뒷모습에서 그 세월을 보았다

올레길 걷다 보면 바다도 따라온다
치아를 드러내며 하얗게 웃는 바다
수평선 낯익은 섬들이 함께 오고 있었다

한 번도 얘기 못한 마음속 얘기들을
바람에 내보낸다 길 위로 띄워 본다
걷다가 웃음 찾는다 내 정다운 올레길

차 타고 지나갈 땐 못 봤던 속살속살
풀꽃과 눈 맞추고 바람도 손 맞잡고
한 발씩 걸을 때마다 보따리가 가벼워

길 위로 흐르는 건 바람만이 아니더라
속마음 한 보따리 젖은 채 풀어내고
어깨 위 무거운 사연 바다 위로 뿌린다

멈추고 싶은 날은 그대로 멈추면 돼
푸른색 화살 표시 반대로 걸어간 날
거꾸로 바라본 세상 다른 길이 또 보여

참깻단 다 걷어낸 올레길 지나간다
일 년을 잘 살아낸 저 땅의 여정 위로
또 다른 이름표들이 줄을 서고 있었다

주름진 그 길 위로 나 또한 걸어간다
잘 가고 있는 걸까 잘 살고 있는 걸까
발자국 얕게 찍으며 흔들흔들 가는 나

3. 한라산 이야기

콧노래 손등 위로 살랑살랑 춤추는 아침
샛노란 머리핀이 나비처럼 앉았구나
아이는 노랠 멈추고 땅만 보고 걷는 길

콧등에 맺힌 방울 바람에 사라지고
땅 보며 걷던 아이 올려다본 하늘에는
품었던 푸른 꿈들이 둥실둥실 떠 있어

온종일 이불 덮고 방 안에 누워 있던
갱년기 영희 엄마 한라산에 데려간 날
눈에서 흘러내린 건 땀이라고 우겼지

첫 번째 오르막길 가파른 호흡소리
걸었다 쉬었다가, 하늘 슬쩍 보았다가
푹 꺼진 눈동자 속에 초록빛이 가득해

구겨진 허리 한번 제대로 편 적 없네
차오른 말 한마디 날숨으로 뱉어내고
나부터 껴안아야지 저 먼 산의 말씀을

나보다 먼저 일어나 산에 가자 문자 온 날
스틱도 장만하고 운동화도 새로 샀다
일주일 데려왔더니 발걸음이 빠르다

잊으러 올라가요 버리러 올라가요
분홍색 진달래가 기다린 눈치네요
그 녀석 귀에 대고는 소곤소곤 일러요

턱까지 차오른 말, 산에다 뱉어 낸다
어설픈 충고들도 깊숙이 접어두고
잘잘못 따지지 않고 고스란히 껴안아

길 동무 바뀐 아침 발걸음도 달라진다
한 번씩 돌아보며 속도를 맞춰본다
내 뒤를 따르는 친구 처음보다 빠르다

영실에 오를 때면 혼자서도 괜찮았다
가방 내려놓고 물 한 모금 마시는 시간
어깨 위 까마귀 한 마리 친구처럼 앉았다

나보다 한 발 앞서 휘휘 돌아가는 산길
날개 접어두고 총총총총 가는 구름
그 구름 배려 앞에서 또 한 수를 배운다

정상에 도착하면 나도 날개 펴리라
하늘을 빙빙 돌며 소리치는 저 산새들
까만 눈 반짝거리며 내게 인사 건넨다

한라산 오르는 길 사방 팔방 다 뚫린 길
익숙한 그 길들도 돌아보면 또 낯설다
눈 감고 다 보이던 길 영실 길이 어색해

주차료 천팔백 원 영수증 건네는 손
매표소 아저씨의 눈인사가 따뜻한 날
몸에 밴 모닝페이지 내가 사는 이유다

명산을 오를 때는 예의를 갖춰야 해
어두운 등산로를 조심조심 올라왔다
계단길 정든 이 길이 오늘따라 고마워

확진자 늘어나서 체육관 문 닫은 날
이십 년 새벽 운동 시간 맞춰 깨는 내 몸
운동복 주워 입으며 다시 산을 오른다

가쁘던 호흡소리 두 달 만에 잦아들고
첫 고비 정자나무 한 번만 쉬면 되는,
빨라진 심장 박동수 처음보다 덜하다

힘겹던 산행 길도 올레처럼 편안한 날
눈에 익고 발에 익고 내 호흡을 맞춰주는
일주일 한 번의 산행 나도 산을 닮았다

생각이 많은 날은 새벽산을 찾는다
고민의 종류만큼 이마 위 맺힌 땀들
한바탕 흘려 보내면 되레 산이 반긴다

쉰다고 내려놓은 연두색 나의 배낭
지퍼가 열릴 새라 날아든 산까마귀
사뿐히 사과 한 조각 새 가까이 놓았다

연분홍 진달래가 온 천지에 가득해도
백록담 부는 바람 내 빰이 얼음장 같다
오월에 겨울을 만나 발바닥이 얼었다

오월에 얼음꽃이 입까지 얼었구나
연분홍 그 입술에 사연이 맺혔구나
바람에 하늘거리던 그 꽃들이 그립다

뼛속이 시린 나이 49세 아줌마 둘
추워서 정상에서 머물 수도 없는 나이
꽁꽁 언 얼음 진달래 눈에 품고 내려와

절경은 늘 그렇게 산이 몰래 감춰둔 곳
산이 높을수록 작아진 너와 내가
영실의 남벽분기점 두 손 곱게 모은다

진실은 늘 그렇게 바닥에 있었구나
웃음 뒤 감추어진 인자한 산의 표정
힘든 길 아픈 곳에서 나를 다시 만난다

한라산 가시바람 정통으로 맞았구나
가득 찬 근심 걱정 배낭 안에 담고 온 날
하산 길 가벼운 가방 일주일은 '맑음'이다

일주일 지난 후에 다시 찾은 윗세오름
얼었던 네 입술에 온기가 가득하다
간밤에 있었던 일들 고스란히 이른다

한 발 떼고 나면 까마귀도 한 발 떼고
나보다 앞에 서서 계단을 걷는 저 새
한라산 까마귀 녀석 나를 향해 조아려

뒤에서 밀어주던 고맙구나 제주바람
돌아선 하산길에 가로막는 제주바람
사는 게 다 이런 거야 들쑥날쑥거리며

네 식구 잠 설치고 새벽산 오르던 날
단풍 든 가을 산에 작은 눈이 커졌다
전문가 수채화물감도 흉내 낼 수 없는 색

초코바 한 봉지로 백록담 정상 찍고
하산 길 두 눈 위로 펼쳐지는 태평양바다
점점점 추자분도가 징검돌로 놓인다

스틱을 챙기라는 선배 말 무시하고
한라산 영실코스 일 년을 올랐구나
무릎이 보내온 신호 경고등이 켜졌다

신호를 무시하고 올랐던 윗세오름
무릎에 켜진 신호 밤마다 통증이다
가족들 깨울까 봐서 신음소리 삼킨다

몸에서 나를 향해 한 달 전 보낸 신호
철없는 스무 살 때 그때 내가 아니라고
이제와 옐로카드를 주춤주춤 건넨다

병원 문 열자마자 오른발이 앞선다
초음파 엑스레이, 금지령 내리던 날
“새벽 산 못 가게 되면 죽을지도 몰라요”

하루만 살고 죽을 하루살이 아니잖아
아껴야 오래 쓰지 한 달째 산행금지
멈춤도 이유가 있다, 놓은 책을 잡는다

책상에 쌓인 책이 소원탑 모양 같다
한 권씩 읽다 보니 쓰는 힘을 건네는 책
문태준 느림보마음 소리내어 읽었다

두 번째 올레 완주 여섯 코스 남았구나
새벽 산 오르느라 외면했던 제주 올레
아픔도 이유가 있다, 길을 따라 흐른다

삼월 한라산

삼월의 한라산은 아직 설국이랍니다
꽃피는 춘삼월에 눈꽃 피워 나를 반기는
따뜻한 산의 마음이 사람처럼 좋아요

높은 데 이를수록 키 낮추는 초목을 봐요
눈 헤집고 피어오른 복수초 노란 얼굴
그 곁에 새끼노루의 발자국도 찍힙니다

초입에 들어서면 눈으로 말하세요
초목의 주파수에 마음 눈금을 맞추세요
오감을 활짝 열고서 그 품속에 드세요

4. 흐르다 보면

그림자처럼

늘어진 그림자를 만난 오후
행복한 거니? 끄덕
잘 살고 있는 거니? 끄덕끄덕
하고 싶은 걸 하고 있니? 끄덕

인생 짧다, 오전의 네 그림자처럼

수선화를 만나다

따뜻한 밥 한 그릇 두 손으로 올립니다
고봉으로 담아냈던 당신의 깊은 마음
그곳은 편안한가요? 노란 봄이 보이나요?
일곱 번의 봄을 지나도 밝혀진 건 없어요
방긋 웃는 수선화가 오늘따라 곱네요

너 혼자만 붉었구나

초록 잎들 사이 너 혼자만 붉었구나

자꾸 숨지 마 그럴수록 더 눈에 띄니까

넌 특별한 거야, 움츠린 어깨 펴

바람이 불면

붉은 원피스 입은 네가 더 빛나

트래블 여행사
#속눈썹 리얼모모뷰티
since 2012
SINDOSI korean restaurant
연동
신도시
영업시간
낮12시부터~
밤10시 30분
리얼모모
뷰티
2층

우는 건지, 웃는 건지

문도 열지 않은 식당 앞에
비둘기가 아침부터 서성대고 있다
코로나19로 여행객도 뜸하고
깨끗한 도로 위엔 과자 부스러기 하나 없다

구구구구~ 우는 건지, 웃는 건지
씽~하고 지나는 차, 소리마저 묻힌다

아프리카로 간다

코끼리 한 마리를 만났다
친구 찾아 먼 길을 걸어왔다
풀밭에서 잠시 숨 고르는 너
너의 내민 손
내가 잡는다
지금 우리는 같이 아프리카로 간다

고사리

이십 년 제주 살이 구석구석 다닌 나도
고사리 앞에서는 숙인 적이 한 번 없다
오월의 고사리 장마 고개 숙인 그녀들

달맞이꽃 1

고요한 새벽 암자 산책길 달맞이꽃

해 진 뒤 도착해서 입구부터 헤매는데

환하게 미소 지으며 가등처럼 서 있다

달맞이꽃 2

해 지면 피는 저 꽃, 어두워야 볼 수 있는

수줍은 분홍 얼굴 이제야 드러낸다

천성암 정다운 친구 동창보다 반갑다